CARDOZO

Joaquim Cardozo

O CORONEL

DE MACAMBIRA

A-MEU-BOI, EM

DOIS QUADROS

Copyright © **Ediouro Publicações S.A.**

Todos os direitos reservados e protegidos pela Lei 5988 de 14/12/73.
É proibida a reprodução total ou parcial, por quaisquer meios,
sem autorização prévia, por escrito, da editora.

Direitos cedidos por
Joaquim Cardozo

Capa e ilustrações
Poty

CIP - Brasil. Catalogação-na-fonte
Sindicato Nacional dos Editores de Livros, RJ

C269c	Cardozo, Joaquim, 1897-1978 O Coronel de Macambira / Joaquim Cardozo ; introdução de Osmar Barbosa. — Rio de Janeiro: Ediouro, 1998. : il.. — (Coleção Prestígio) ISBN 85-00-71392-5 1. Conto brasileiro. I. Título. II. Série.
98-1189	CDD 869.93 CDU 869.0(81)-3

7ª Edição

Todos os direitos reservados à Ediouro Publicações Ltda.

Rua Nova Jerusalém, 345 – Bonsucesso
Rio de Janeiro – RJ – CEP 21042-235
Tel.: (21) 3882-8200 – Fax: (21) 3882-8212 / 8313
www.ediouro.com.br

Ilustrações de

Poty

*
* *

Introdução

Prof. Osmar Barbosa

Joaquim Cardozo, do mesmo modo que Ascenso Ferreira, dedicou-se desde cedo a decantar as coisas e as tradições do Nordeste brasileiro, onde o folclore é abundante e, entre todas as festas e representações, como não podia deixar de ser, o bumba-meu-boi tem mais relevo e não perde com o decorrer dos anos o seu brilho e o seu entusiasmo.

Por considerar vivo e atuante este gênero do teatro popular brasileiro, o autor deste livro tratou de reunir cuidadosamente todo o material de que poderia dispor para levar em prática a sua execução. Andou pelos arquivos, fez pesquisas e consultas, procurando trazer para os leitores o que tratou de colher sobre o bumba-meu-boi.

"Tomei como base para compô-lo — diz ele — a versão folclórica coligida pelo poeta Ascenso Ferreira, e publicada nos números 1 e 2 de 1944, da revista Arquivos da Prefeitura do Recife; não utilizei, entretanto, todas as figuras, mais ou menos fixas, que fazem parte desse espetáculo. Trata-se, aqui, de uma obra inteiramente original, no texto, mas obedecendo às regras características desse drama falado, dançado e cantado — espécie de auto pastoril quinhentista, de onde, certamente proveio. Contrariando, também, o espírito dessa brincadeira popular, que dá bom tratamento, apenas ao boi e aos seus vaqueiros, como assinala Téo Brandão, dei relevo especial e simpático a três figuras necessárias ao arremate, mais ou menos apoteótico, freqüente em espetáculos desse gênero."

Povos dos mais diversos e dos pontos mais distantes do globo se recordam também de coisas e episódios de seu longínquo passado através de representações semelhantes. Assim, o nô, que é o auto do teatro japonês, uma das mais graciosas formas de tradição popular do Oriente. Os japoneses, por exemplo, dispõem de mais técnica e enriquecem seus cenários, ao passo que a gente simples de nosso Nordeste contenta-se com o colorido de sua modesta vestimenta e tem de contar com improvisações por falta de recursos para o esplendor dos efeitos cênicos. Mas o que importa é a tradição transformada em festa e em entusiasmo. E, principalmente nesta obra, vale muito a documentação trazida pelo autor: "A maioria das críticas e observações contidas nestes versos agora publicados foram ouvidas e vividas: conheci na Baía da Traição, ao norte da Paraíba, um chefe de cangaceiros que se chamava Chico Fulô, e de quem ouvi grande parte das expressões contidas no papel de Valentão; na linguagem de Mateus, Catarina e Bastião procurei transmitir a linguagem de certos tipos populares do meu tempo, que usavam, em meio de expressões dialetais ou coloquiais, frases como: filosofia positiva, certeza física e matemática, estilo sublime e muitas outras; esses tipos eram quase sempre oradores populares como Bochecha, Budião de Escama e Gravata Encarnada que procuravam imitar outros oradores mais escolarizados, freqüentes nos comícios de então, oradores que, naquele tempo, pretendiam ser sucessores de Joaquim Nabuco."

E o bumba-meu-boi aí está com todo o seu colorido, com sua fala pitoresca, suas danças bem ritmadas, suas cantadeiras, seus violeiros, fazendeiros, figurantes dos mais variados tipos, seus animais, sobretudo, o boi cantado e chorado por seus louvadores.

O CORONEL DE MACAMBIRA

(Bumba-Meu-Boi)

Representações Desta Peça:

• Em 1965, pelo Teatro dos Estudantes da Escola de Belas-Artes do Recife, sob a direção de Maria José Selva com música de Capiba.

• Em 1966, pelo Teatro dos Estudantes da Universidade de Juiz de Fora, sob a direção de Maurí de Oliveira, com música de Maurício Tapajós.

• Em 1967, pelo TUCA (Teatro da Universidade Carioca) sob a direção de Amir Haddad, com música de Sérgio Ricardo.

A
ASCENSO FERREIRA
dedico este "Boi"

* * *

1.º QUADRO

* * *

Ao iniciar o espetáculo estão sentados no mesmo lado do recinto (ou da arena, ou do palco) três violeiros e três cantadeiras; aparecem, no fundo, dançando e se aproximando, Capitão no seu "Cavalo-Marinho" e, ao lado, também dançando e segurando as rédeas, Arlequim. Seguem-se Mateus, Catirina e Bastião no mesmo ritmo de dança.

As cantadeiras e os violeiros acompanham as danças:

Bumba-meu-boi! Bumba!
Cavalo-marinho,
Vem que vem dançando
Bem devagarinho.

Cavalo-marinho
De onde é que vem?
Das praias de longe?
Das terras de além?

Bumba-meu-boi! Bumba!
Que vem de chegar
Cavalo-marinho
Das bandas do mar.

Ao chegar ao recinto onde estão os violeiros e as cantadeiras o capitão se apresenta.

CAPITÃO

Saibam todos os presentes
Que, para aqui enviado,
No meu cavalo-marinho
Sou capitão bem montado.

Sou conde condecorado
Com a cruz do Tempo e do Ar,
Capitão de Altas Milícias,
Cavaleiro de Além-Mar.

Venho aqui pela Justiça
O justo direito dar
Venho perseguir os fortes
E os fracos desagravar.

Sou conde condecorado
Senhor de grande solar
Comigo trago mandato
De tudo remediar.

Sou conde condecorado
Com a cruz do Tempo e do Ar
Sou comandante das nuvens
Errante no pelejar.

Ouve-se de repente um rumor de vozes, de gritos nos bastidores. Mateus espia para um lado, para outro, se abaixa, se levanta, põe a mão em pala sobre os olhos; de repente corre para um certo lugar a direita e volta trazendo um homem armado de rifles, punhal, espingarda, peixeira; no peito cartucheiras, etc. Atrás de Mateus e do valentão entra também um fazendeiro de parcos recursos, chamado José Pequeno. Durante o tempo em que Mateus esquadrinha os arredores, as cantadeiras cantam:

CAPITÃO

Quem é este que aí vem
Mais forte que um arsenal?
Mais perverso que valente
Mais frio do que um punhal?

Vem pela sombra do mato
Armado como um tenente;
É por trás que sempre atira
E ao fugir corre na frente.

Vem pela sombra do mato,
Tocaia na encruzilhada:
E a morte ronda os caminhos
Até raiar madrugada.

VALENTÃO

Vocês não sabem quem sou?
Sou um homem do cangaço
Me chamam Chico Fulô;
Engulo balas de aço
Sem sentir nenhuma dor;

Grades de ferro espedaço
Sem fazer muito rumor;
E faço pouco e desfaço
De quem mais valente for.

CATIRINA

Mas se és assim tão forte
Porque te chamam... fulô...?

VALENTÃO
(sorri envaidecido)

Assim me tratam as mulheres
Com elas sempre mantive
Relações sempre amorosas;
Mas os homens todos sabem
Que sou fulô venenosa:
Que embora Chico fulô
Uma vez com um só tiro,

CAPITÃO

Numa feira em Nazaré,
Por pouco mais que besteira,
Liquidei Pedro Garrucha
Matei Totonio Banzé
E Berto da Lambedeira.

    (pausa)

Por minhas tantas façanhas
Ganhei prestígio e valor:
Fui jagunço muito tempo
No grupo do Nicanor
E hoje estou no serviço
Do seu coronel Nônô.

    FAZENDEIRO PEQUENO

Desse mesmo coronel
É que me sinto afrontado
Foi ele quem me arruinou
E me fez mais desgraçado.
Mandou romper meu açude
Me deixou atrapalhado;
Uma vez quis destruir
Minha casa, meu roçado.
Agora manda um bandido
A matar meu boi malhado.

    VALENTÃO
    (olha de forma ameaçadora o fazendeiro):

De tanto atirar meu rifle
Já ficou descalibrado;
De cortar carne ruim
De muito cabra malvado
A minha faca peixeira
Ficou cega dos dois lados,
Que comigo não se meta
Quem quiser ir descansado.

    BASTIÃO

Um valentão conheci
Na Fazenda Macambira;
Mas sua força era fraca...
Numa luta que manteve
Perdeu a faca que tinha
E acabou mesmo levando
Uma surra de bainha:
— Bainha da própria faca.

    VALENTÃO
    (espia arrogante para Bastião e com ar de desprezo):

Sou filho de Pernambuco
Lá das bandas de Carpina,
Da cana gosto de suco
Que tem nome Manjopina
Eduquei-me no trabuco
Matar gente é minha sina.

Fazendeiro Pequeno

Nasci também nesta terra
Que o sol castiga e descora
— Terra de Joaquim Nabuco —
Homem de bem, homem certo
Que era muito diferente
Desses "nabucos" de agora.

Valentão

Há muito que por aqui
Um "sanguezinho" não há;
Mas pelo jeito parece
Que as coisas vão melhorar,
Pois seu coronel Nônô
Acaba de me chamar.

Há de ser briga valente,
Com muito sangue de gente
Vai correr sangue de boi,
E ninguém há de sobrar
Para contar como foi.

> *Fazendeiro Pequeno investe sobre o valentão que foge, tropeça nas armas e cai. Mateus vai sobre ele, levanta-o e atira-o para fora a bexigadas. Mateus volta sobre o Fazendeiro e leva-o também a bexigadas pelo lado contrário.*

Bastião

Ora vejam que mucufa!
Bebe fumos, valentias,
Mas só lorotas deságua;
Por isso digo: este tipo
Não passa de um caga-n'água.

> *Imediatamente ao fundo aparecem três figuras mascaradas, vêm andando cada uma com uma maneira de andar diferente. As cantadeiras cantam:*

Cantadeiras

Vem na frente o produtor
Logo após o economista
Mais atrás com o seu tambor
O sagaz propagandista.

Dizem que são justiceiros,
Produtores da abundância,
Na verdade são coveiros
No cemitério da infância.

De tamanhos produtores
Bem se conhece o produto:
Terras secas, gado morto
Gente faminta, de luto.

VALENTÃO

CAPITÃO

Mateus, Mateus vai saber
Quem são estes sambaquantes?

MATEUS

Meus senhores a que vindes?

> A parte do produtor, do economista e do propagandista
> deve ser declamada com apropriada mímica verbal.

PRODUTOR

Sou o grande produtor
De farinha e de algodão
Produtor de rapadura
De manteiga e requeijão;
Sou grande fornecedor
De carne-seca e feijão.
Digo porém sem rebuços,
Aqui ninguém me embaraça
Sou produtor de cachaça
Esta é que dá dinheiro.

MATEUS

Ah! Bem se atina e se vê
Bem se vê que é malandrão.

PRODUTOR

Todos os seres viventes
Se mantêm por minha mão;
Sou aquele que produz
O que se vende e se come
O que se goza e se dorme
O que se gasta e consome.
Para alguém viver feliz
Precisa invocar meu nome

Só mesmo o tolo, o babão
É que se mata de fome.
Não medindo sacrifícios
Agora mesmo aqui estou
Para trazer benefícios
Às terras do seu Nônô;
E entrando logo em ação
Chamei um economista
   (indica o economista)
Para estudar a região.

ECONOMISTA

Sou economista formado
Doutor em finas finanças
Doutor em leis matemáticas
E outras muitas lambanças;

Sei fazer cheques cruzados,
Abrir contas, dar fianças,
Sei fazer também descontos,
Hipotecas e cobranças;
Estudei muitos tratados
Vindos do país de França.

Os recursos desta terra
Medi em justas balanças
Consultei interessados
Ouvi muitas embuanças;
E usando de uma política
Da melhor das vizinhanças
Aos homens destas paragens
Trago novas esperanças.

MATEUS

Se vem assim nessa rima
Vem é para encher a pança.

BASTIÃO

Não sei, Mateus, mas este homem
Parece aquele engenheiro
Que aqui esteve o ano passado
Com essas mesmas besteiras:
— Dr. Sidonio Furtado.

MATEUS

Ele não era engenheiro
Também não era Furtado
— Os "furtados" somos nós.
De quem estamos falando
O nome certo, Bastião,
É Possidonio Furtando.

Enquanto falam Bastião e Mateus o economista consulta uns papéis que tira do bolso, depois, voltando a guardá-los, continua:

ECONOMISTA

Há aqui nesta região
Um famoso boi malhado
Por si só uma riqueza,
Pois daria, bem talhado,
Fortuna de uma grandeza
Como igual nunca se viu
Por toda essa redondeza.
Por meu saber é que afirmo
E disto tenho a certeza;
Só a carne do bicho, eu digo,

CATIRINA

— E digo assim sem malícia, —
Traria a toda comarca
Alimentação vitalícia;
E do couro? Sim do couro
O que dizer, meus senhores,
Senão que o mesmo é um tesouro:
Couro malhado, bonito
Que faz o boi feiticeiro...
Cada malha bem vendida
Daria muito dinheiro.

E o esqueleto do boi? Ah!
Também afirmo e não erro
Que todo o seu esqueleto
É de minério de ferro;
Os cascos, a cauda são coisas
Ricas.

BASTIÃO

E os chifres, patrão,
De que são?

ECONOMISTA

Já foram de ouro
Já foram de prata, mas, hoje,
Se a coisa bem se relata
São de pedras preciosas
Que já estamos vendendo
Aos nossos amigos. Ainda bem...

Enfim... silêncio! cuidado!
Falar nisso não convém.

BASTIÃO

Ouro, prata, diamante!
Que chifres tão gloriosos!
Quando nada mais valerem
Ainda serão famosos,
Pois ficarão, com certeza
Como belos ornamentos,
Como emblema da fuzarca
Na sede do grande clube
Dos maridos de bom gênio
Que moram nesta comarca.

ECONOMISTA

Fiz assim sobre esse boi
Um grande planejamento
Tudo está equacionado
Com muito discernimento:
E desta exata equação
Até o próprio jumento
Encontrará solução;

As vantagens que apresento
Nessa grande promoção
Nosso bom propagandista
Explicará num momento

> PROPAGANDISTA
>
> *(falando de um modo arrastado, lento e cantado, na fonética usual do interior do Nordeste):*

Planejamento bem bom!
Viu! Para os agricultores...

> Neste momento Mateus tira por trás a máscara do produtor.

TODOS

O quê? O Coronel Nônô de Macambira!

> Não refeitos, ainda, da surpresa, Catirina tira a máscara do economista.

TODOS

Oh! Mas é seu Nezinho da Coletoria!

> Bastião tira a máscara do propagandista.

TODOS
(rindo):

Ah! Ah! Ah! Zé Pinga Fogo, o maestro da charanga!

> Mateus e Bastião investem com as bexigas e empurram para fora da cena as três figuras mascaradas. Entra um padre vestido de batina branca, entra dançando de pernas abertas, saltando de um pé para outro. Fala com sotaque.

PADRE

Vim fazer o casamento
De Catirina e Mateus
De hoje em diante que vivam
Na graças da lei de Deus;
Por seu coronel Nônô
Eu estou autorizado:
— Em suas terras, me disse,
Ninguém mais vive amigado.

CATIRINA

A casar não me recuso
E mesmo a minha tenção
Mas é um padre de preto
De que tenho precisão.

FAZENDEIRO PEQUENO

O padre muda a batina,
Está sentindo calor?
Eu sou negra, negra fico
Não posso mudar de cor.

MATEUS

Jesus morreu no Calvário
Depois de grande paixão;
O seu vigário tem medo
De morrer de insolação.

PADRE

Você tem razão Mateus
E você também Catirina,
Padre de preto é que é padre
Devo mudar de batina.

(faz um movimento para sair, mas se detém)

CATIRINA

Mesmo assim, padre, preciso
Arranjar os meus papéis
O que de certo me força
A gastar muitos mil réis;
Minha mãe é de Salgueiro
Meu pai não sei donde é;
Vou gastar muito dinheiro
Para saber se o seu nome
É Antônio, Pedro ou José.

PADRE

Sim, sim, tem toda a razão
E digo mais, ainda mais
É preciso confessar-se;
Para cumprir, minha filha,
Os deveres conjugais
Precisa purificar-se

o padre vai sair

CATIRINA
(indecisa faz um gesto vago para detê-lo):

Mas... seu padre...

PADRE

Heim! que quer?

CATIRINA

Seu padre espere... um momento...
Queria que me dissesse:
Quanto custa um casamento?

PADRE

Um casamento completo
Com sinos, flores e velas
Tudo distinto e correto
Tudo rico, tudo pronto
Para o efeito mais raro
Agora custa dois contos.

CATIRINA

Dois contos? Como é caro!

PADRE

Mas, Catirina, convenha,
Hoje tudo encareceu:
O vinho, o óleo estão caros,
O preço como cresceu
Das grandes velas de cera!
O incenso então, nem se fala!
E o salário que aumentou
Do sacristão? E o menino
Sineiro que agora mesmo
Me pediu mais um tostão
Por badalada de sino?

CATIRINA

E não há um casamento
Mais barato, seu vigário?

PADRE

Não. Mas você, Catirina,
Pode casar no crediário.

> *Enquanto o padre conversa e gesticula junto à Catirina
> a quem explica como é o crediário.*

MATEUS

A igreja pelo que vejo
Também se modernizou
Tornou-se mais camarada
Mais simples e mais amiga.

BASTIÃO

Se é crediário, Mateus,
A coisa já está no Credo
É portanto coisa antiga;
E é caso certo, notório,
Que antes de ao céu chegarem
As almas ficam pagando
Prestações no purgatório.

BASTIÃO

CATIRINA
(estranhando as palavras do padre):

E é preciso fiador?

PADRE

Entre nós não é necessário...
Pois você e Mateus têm crédito
Grande na minha paróquia,
Apenas faço a exigência
De ser entre nós lavrado
Contrato em que me garantam
Mais de quinze batizados.

CATIRINA

Preciso pensar um pouco...

PADRE

Pense com calma, reflita,
Eu voltarei no outro dia.

> *O padre vai-se retirando como entrou; Mateus sai atrás dele devagar para lhe dar uma bexigada; o padre volta-se e Mateus finge espantar um maribondo.*

PADRE

Depois voltarei... depois.

> *Continua a sair, Mateus vai novamente sobre ele com a bexiga, mas o padre se volta e Mateus deixando cair a bexiga finge que se atrapalha em apanhá-la.*

PADRE

Depois...
(enfim, sai)

> *Enquanto estas coisas se passavam, uma figura surgia de vez em quando e atravessava para um lado e para outro da cena (o bicheiro). O capitão chama Mateus nesse momento a figura desaparece:*

CAPITÃO

Mateus, há algum tempo já
Que venho presenciando:
Para lá e para cá
Há um camafonge passando.
Vai perguntar de onde veio?
E que vem fazer aqui?

> *Mateus sai na direção em que desapareceu a figura. As cantadeiras cantam:*

CANTADEIRAS

Mas é seu Tenório
Bicheiro da Vila
Com o seu criatório.

Esperto e finório
Trazendo seus bichos
Aí está seu Tenório.

Agora o casório
Mateus-Catirina
— Um par de simplórios

Não é mais ilusório
Trazendo seus bichos
Aí está seu Tenório.

> *Volta Mateus trazendo o bicheiro, mas em vez de aproximá-lo do capitão, conversa com ele.*

MATEUS

Você disse seu Tenório
Que tinha um jogo infalível:
Duas dezenas dobradas,

Uma centena invertida,
E mais um milhar por cima...
De tal maneira que o grupo

Ficava todo cercado;
Um jogo mesmo certinho
Que dava certo na certa.

BICHEIRO

Sim é verdade que tenho
Mas que bicho quer você
Cercar, seu Mateus?

MATEUS

O touro.

BICHEIRO

O touro? Não poder ser...
Está muito carregado
Desde que correu notícia
Acerca do boi malhado...
O senhor sabe...

MATEUS

E na vaca?

PRODUTOR

BICHEIRO

Na vaca também, amigo,
O jogo já está fechado
Creio mesmo, se na lista
Houvesse também novilha
Estaria certo esgotada
Por ser da mesma família.
Pois é tão grande a esperança
Em acertar desta gente
Que todo mundo fez fé
No boi e nos seus parentes.

MATEUS

E no avestruz pode ser?

BICHEIRO

No avestruz? ora, não pode:
E pela mesma razão

MATEUS

Como assim?

BICHEIRO

Pois, seu Mateus,
O avestruz é primo-irmão
Da ema. E esta, você sabe,
Neste boi entra em função;
Muita gente, então, usou
Por tabela o bom palpite:
Que é mesmo o do boi malhado
Sem menor contestação.

CATIRINA
(vai para o bicheiro e o empurra)

Bicheiro besta, a verdade
É que você prendeu a vaca
Nunca mais que a vaca deu
Traz-ante-ontem tive um sonho
Que me fez acreditar
Em ganhar boa bolada
Nesse jogo

BICHEIRO

Mas o quê?
E em que sonhou minha flor?

MATEUS
(olhando desconfiado o bicheiro, e à socapa):

Este cabra é meio afoito

CATIRINA

Uma vaca que pastava
Por um campo de repolho
Em sonho foi o que vi,
Joguei na vaca na certa
Joguei na vaca e... perdi.

BICHEIRO

E que bicho deu, minha bela?

MATEUS
(aproxima-se do bicheiro e aperta-lhe um braço):

É melhor conter a boca.

CATIRINA

O bicho que deu foi coelho.

BICHEIRO
(faz um gesto):

Ora aí está mais que evidente:
Sonhou com uma vaquinha
Pastando tranqüilamente
Por um campo de repolho?
Pois o sonho está bem claro
E certo o bicho que deu;

(pausa)

Só poderia dar coelho...
Senão vejamos, vejamos,
Examinemos o caso
As palavras soletrando:
Repo-lho, go-lho, coe-lho
Lho-go-lho, pois aí está...
Aí está minha senhora
O "lho-go-lho" do bicho

CATIRINA

Ah!

O bicheiro se aproxima de Catirina e tenta conversar com ela em voz baixa. Catirina se excusa.

BICHEIRO

Pois olhe que solto a vaca
Que há muito tempo prendi
Se tu quiseres, roxinha,
Ir comigo até ali.

ECONOMISTA

Nesse ponto Mateus avança e segura o bicheiro pela gola do paletó.

MATEUS

Seu bicheiro, mais respeito,
Cale a boca tagarela
Não é assim que se conversa
Com uma moça donzela.

O bicheiro se liberta deixando uma parte do paletó nas mãos de Mateus e foge; Mateus o persegue, consegue segurar-lhe novamente o paletó pelas fraldas, que se desprendem novamente e ficam nas suas mãos; o bicheiro consegue escapar até os bastidores. Contra ele Mateus atira a bexiga. Ouve-se de repente um grande estrondo; todos ficam paralisados e espantados, em atitude de escuta; depois de um curto espaço de tempo, as cantadeiras anunciam.

CANTADEIRAS

O avião, o avião, o avião caiu
Uma luz no céu passar eu vi
O avião, o avião, o avião caiu
Na serra de Comunati.

Ouvi passar Rasga-Mortalha
Ouvi cantar Pitiguari
O avião, o avião, o avião caiu
Na serra de Comunati.

Enquanto as cantadeiras cantam, Mateus, Catirina e Bastião saem pelo fundo e voltam trazendo nos braços, desfalecido, o corpo de um aviador; ao chegar perto do capitão o aviador é reanimado.

AVIADOR

Fatalidade — uma flor
Que abriu no céu de repente;
Fatalidade — uma fruta
Da qual eu fui a semente;
Semente verde, semente
Para o nascer imatura
Trazendo aos ares desertos
Ramagens de desventura,
Lançando no solo frio
Raízes de morte escura;
Pelas chuvas e os serenos
De um outono de amargura
Corpos-folhas decepadas
Caídos na terra dura.

Fatalidade — uma flor
Que abriu no céu de repente,
Fatalidade — uma fruta
Da qual eu fui semente;
Semente verde, semente
Para o nascer prematura.

> *O aviador é retirado vagarosamente acompanhado por Mateus, Catirina e Bastião; o cavalo-marinho dança uma dança animada. O capitão pára de repente, e olha para o fundo da cena, onde vem aparecendo a figura de uma jovem com o rosto velado por uma sombra azulada, traz o uniforme de uma aeromoça; enquanto se aproxima devagar, as cantadeiras cantam:*

Minha flor, minha ternura
Meu jardim de malmequeres
Meu jardim de paquiviras
Teu silêncio se estendeu
Nas folhas das macambiras.

Canário, canário branco
Canário branco

Teu rosto ficou ferido
Teu coração ficou preso
Dos gravatás nos espinhos
Tua voz se transformou
No canto de um passarinho.

Canário, canário branco
Canário branco

Teu corpo se converteu
Na sombra de um ramo seco;
Ramo simples de favela
Aonde rompeu as asas
A canarinha amarela.

Canário, canário branco
Canário branco.

CANTADEIRAS

(cantam, com a aeromoça, já perto):

Eis a sombra que restou
Da bela fronde primeira
Quando em sombras desfolhada
Arrastada pelo vento
Se perdeu na ribanceira.

Canário, canário branco
Canário branco

PROPAGANDISTA

> *O cavalo-marinho, que dançando vai recuando aos poucos diante da figura da aeromoça que avança, pára de repente.*

CAPITÃO

Quem és? De onde vens?

AEROMOÇA

Diante de vós eu sou
Uma forma constelada
Diante de vós, agora
Falo com a voz queimada
Deixei as graças da terra
Naquela terrível prova
Agora nos céus longínquos
Sou filha da lua nova.

(A aeromoça prossegue cantando, acompanhada pelas violas e cantadeiras):

Sou filha da lua nova
Sou irmã da estrela-d'Alva
Navegando pelos ares
Numa noite cor de malva;
Da morte que não temi
Para sempre estarei salva
Sou filha da lua nova
Sou irmã da estrela-d'Alva.

As asas que ali caíram
Foram asas que me deram
Minhas asas verdadeiras
As que comigo vieram
No chão rasteiro e sem fim
Jamais poderão cair
São as asas da esperança
De um futuro que há de vir.

(Depois de uma pausa, prossegue, agora já se preparando para sair):

Pastora sou de pastores
Baliza dos ventos frios
Pastora sou de aeronaves
Farol guiando os navios
Que, aos portos de Além do Além
Levam seus porões vazios
Pastora sou de aeronaves
Baliza dos ventos frios.

> *Agora já está formada a maneira de sair; à frente Mateus vai brandindo, floreando as bexigas, após a aeromoça ladeada por Catirina e Bastião; vão-se dirigindo para sair de cena e as cantadeiras cantam.*

CANTADEIRAS

Jardim do céu, do céu
Rosa branca, rosa breve
Jardim de plantas de nuvem
Jardim de nuvens de neve.

Jardim do céu, do céu
Jardim do céu.

Jardim do céu, do céu
Jardim do céu.

> Com um gesto o capitão faz parar o canto das cantadeiras, reina silêncio.

CAPITÃO
(apurando o ouvido):

Escutem, escutem. Não
Estão ouvindo um rumor?
Um rumor de passos distantes?

BASTIÃO
(deita-se no chão e aplica o ouvido ao solo):

Ah! Sim, sim, estou ouvindo
Um rumor muito apagado;
E o rumor da terra girando,
Rumor do tempo voando...

(pausa)
(Bastião apura o ouvido)

E uma semente que estala
E a terra em torno levanta
Já toda se preparando
Para se erguer numa planta.

CAPITÃO
(surpreso):
Como?

BASTIÃO
(com o ouvido aplicado):

Não, não é bem isto...
É coisa mais parecida
Com uma roda rodando...
Roda d'água de bangüê
— uma distante moenda
Que gira não sei por quê...
É coisa assim parecida
Com uma serra que vai
Serrando — uma velha serra
Serrando capim de planta
Pra todo o gado comer...

PADRE

(Bastião abre muito os olhos, surpreso):

Hum! Que é isto? Estão falando.
Estou ouvindo, mas é
Como se estivesse vendo,
Três poetas discutindo
Na venda de seu Lacerda...
E um deles muito zangado
Aos outros mandando a merda...

> *Bastião cada vez mais surpreso, acomoda melhor o ouvido ao solo e fica mais atento.*

BASTIÃO
(atento):

Agora... Agora...

(põe a mão na boca):

Ih! Ah!
Ouço ruídos de espirros
E de eruditos pigarros;
E um deputado tossindo;
Tosse de grandes catarros,
Mas quanta demagogia
Em seus ilustres escarros!

BASTIÃO
(agora ri, ri às gargalhadas):

Ah! Ah! Ah! Ah! Ah!

(pisca o olho, movendo as sobrancelhas):

Depois de lauto jantar
Em que se esteve fartando
Ouço que alguém se alivia
É um padre gordo... arrotando.

CAPITÃO
(impaciente):

Mas não é isto, não é,
São passos de alguém que está
Daqui a se aproximar.

MATEUS
(se abaixa e sacode Bastião):

Oh! Bastião, Bastião
Não é nessa direção
Que você deve escutar...

> *Bastião muda de posição, aplicando o outro ouvido ao solo.*

BASTIÃO

Ah! Agora sim, ouço bem...
Ouço um menino chorando
E uma voz muito mansinha
O menino acalentando;
Uma velhinha, coitada
Muito longe está rezando...
E um passarinho com frio
A companheira chamando.

CAPITÃO
(meio irritado):

Mas seu bobo, nada disso
Rumor de passos é que é.

BASTIÃO
(muda outra vez apressadamente de ouvido e o seu rosto resplandece de alegria):

É um boi que vem. Parece...
Parece um boi caminhando
Vem cansado, tropeçando
Com as pedras do caminho;
Tresmalhado da boiada
Vem desgarrado, sozinho...

> *O Capitão faz, desalentado, um gesto de impaciência. Mateus dá com a bexiga em Bastião, mas este insiste e exclama:*

BASTIÃO

Ah! É mesmo, até que enfim...
É mesmo rumor de passos.

> *O capitão se aproxima interessado.*

BASTIÃO

Ah! é o país, é o país
Que vem!

MATEUS

O país? Que país?

BASTIÃO

O Brasil! O nosso Brasil!
Vem cansado, tropeçando,
Com as pedras do caminho.

Mateus levanta Bastião e dá-lhe com a bexiga. Agora percebe-se nitidamente um rumor de passos distantes, se aproximando; as cantadeiras anunciam.

CANTADEIRAS

Marchando vem pela estrada
Batendo as botas reiúnas
O soldado
O soldado
O soldado da coluna.

Avançando pela estrada
Sob o sol e sob as chuvas
Marchou muitas, muitas léguas
E venceu em Catanduvas.

Marchando vem pela estrada
Batendo as botas reiúnas
O soldado
O soldado
O soldado da coluna.

Cada vez fica mais forte o rumor de passos, mais forte do que o usual, devendo ser criado artificialmente para dar a impressão de um rumor ritmado e pesado. Com o rumor crescente aparece pela esquerda, o soldado da coluna: uma sombra lhe envolve o rosto.

O SOLDADO

Eu era um soldado raso
Eu era um simples candango
Um capiau, um corumba...
Menino fui batizado
Num terreiro de macumba;
Cheguei às sombras eternas
Como defunto sem missa
Sem pedra na catacumba

(pausa)

Nessas paisagens que andei
Pelas estradas do mundo
Em meio das multidões
De pobres e vagabundos
Reinavam grandes silêncios...
Mas dos silêncios no fundo
Havia pontos de som;
Em cada silêncio havia
Havia sons diminutos
Que somados uma voz
Faziam. Essa voz ouvi...

BICHEIRO

MATEUS

Essa voz!

SOLDADO

Nas trevas do entendimento,
Da escuridão da miséria
Nas sombras ainda há luz,
Perdidas no seio escuro
Há partículas de luz
Que logo bem reunidas
Ficam nos ares formando
Uma grande claridade:
Essa claridade eu vi...

BASTIÃO

Essa claridade!

SOLDADO

No canto, nas alegrias
Da gente pobre do povo
Há parcelas de dor viva
Que se juntam e se compõem
Em grande dor coletiva:
Essa grande dor senti...

CATIRINA

Essa grande dor!

SOLDADO

Na marcha do meu destino
Pelo fogo fulminado
Há muito faço e refaço
Meu caminhar sublimado.
Subindo sinto um caminho
Preso, pesando em meus pés...
Descendo cresço nas águas
De indefinidas marés;
Subindo me prendem raízes
Descendo em asas me elevo
Subindo do chão me arranco
Descendo encontro as estrelas.

Entre o que desce e o que sobe
Entre o que afunda e flutua
Entre o que cai e o que voa
Sinto o princípio que atua
Sinto a força que gravita
E o meu caminho alivia
E a minha marcha levita.
Entre o descer e o subir

Esta marcha que me avança
Trazendo angústia e alegria
E que se chama esperança.

> *O soldado caminha para sair. Mateus coloca-se à frente dele com as bexigas presas na vara de vaqueiro que conserva verticalmente ao longo do seu corpo, ao lado esquerdo. Bastião coloca-se do lado direito do soldado e Catirina do lado esquerdo; assim organizados saem; enquanto as violas tocam e o cavalo-marinho executa uma dança animada.*

CAPITÃO

(pára de repente e chama):

Mateus! Bastião! Catirina!

> *Os três voltam à cena.*

CAPITÃO

Vamos partir, vamos ver
Onde está o boi malhado;
Vamos a terras distantes
Que Deus me ajude e perdoe
Mas tudo hei de cometer
Para salvar este boi

> *Forma-se então o cortejo de saída com que termina o primeiro quadro: o capitão (o arlequim mantendo a rédea) vai à frente seguido por Mateus, Bastião, Catirina, cantadeiras e violeiros. O capitão parte para a fazenda Macambira. As cantadeiras cantam:*

CANTADEIRAS

Guriatã, curió
Oh! patativa golada
Oh! meu galo de campina
Cantando desde a alvorada

Sabiá da mata, sabiá
Sabiá gongá

Papa-capim, pintassilgo
Oh! Bem-te-vi passarinho
Saudando quem vai passando
Ao longe, pelo caminho

Sabiá da mata, sabiá
Sabiá gongá

Oh! minha ave araponga
Ferreiro deste sertão
Teu canto bate na serra
Responde o meu oração.

Sabiá da mata, sabiá
Sabiá gongá

Cantadores do Nordeste
Cantando ao som do baião
Galopes a beira-mar
E os oito pés do quadrão

Sabiá da mata, sabiá
Sabiá gongá.

Cantando vamos ao longe
Pela estrada do sertão
Cantando, vamos cantando
Salvar o boi e a nação.

Sabiá da mata, sabiá
Sabiá gongá.

2.º QUADRO

> *O capitão e seus assistentes partiram para a região aonde se encontra a fazenda Macambira com o fim de evitar a morte do boi; chegando aos limites da fazenda é noite fechada; em torno deles, de repente, desencadeia-se uma dança de fantasmas; Jaguara, Babau, Caipora surgem em claros repentinos de luz, diante deles, batendo queixadas; o pinicapau também aparece procurando bicá-los; o capitão, Mateus, Catirina e Bastião agacham-se ao pé de uma grande cerca de ramos trançados (ver "Cercas do Sertão", de Souza Barros) e assistem transidos de medo uma dança de espíritos diabólicos: dança dos "bichos do medo da noite".*

CAPITÃO

Bem. Parece que chegamos
Às terras do seu Nônô:
Mas a noite é densa, escura,
Escura de fazer pavor.

MATEUS

Toda a escuridão se move
Como se viva estivesse,
Como se negros fantasmas
Do chão da morte viessem.

CATIRINA

E nessa treva agitada
Passam clarões; fogo móvel
Na sombra saltando está:
São luzes de cemitério...
E o fogo do Boitatá

MATEUS

Avançar mais, não devemos
Pois já saímos da trilha
Que a todos nós dirigia.

CAPITÃO

(mostrando uma cerca de paus trançados ao seu lado):

Junto a esta cerca fiquemos
Não deve tardar o dia.

> *Neste momento começa a "dança dos bichos da noite"; estes avançam, recuam, ameaçam o grupo agachado junto à cerca. As cantadeiras, durante a dança, cantam em voz surda e apagada:*

São muitas horas da noite
São horas do bacurau
Jaguara avança dançando
Dançam caipora e babau.

uauau, uauau, uauau

Festa do medo e do espanto,
De assombrações um sarau;
Furando o tronco da noite
Um bico de pica-pau.

                uauau, uauau, uauau

Andam feitiços no ar
De um feiticeiro marau,
Mandingas e coisas feitas
Do xangô de Nicolau.

                óó ôô ááôô aôau

"Medo da noite" escondido
Nos galhos de um pé de pau
A toda dança acompanha,
Tocando o seu berimbau.

                au, au, au, aaau

Um caçador esquecido
Que espreita de alto girau
Não vê cotia, nem paca,
Só vê jaguara e babau

                aôô ô uau ouau

"Medo da noite": caveira
Na ponta de um varapau:
Há um pio longo agourento:
É mãe da lua: urutau.

                uauau, uauau, uauau

Junto da grande coité
Onde prepara um mingau
Mexe e remexe, mexendo
A sombra de um galalau...

                hô hô hu huaoaouaa

E um braço morto, invisível
Atira n'água um calhau:
As águas giram seus discos
Até o funil de um perau.

                uuuuuuuuuuôôôuauuau

Finge que fuma e defuma
Fumando o seu catimbau
"Medo da noite" com o rosto
Pintado de colorau.

                uau uau auau

AVIADOR

Numa cangalha navegam
Como se fosse uma nau,
E içando as velas: mortalhas,
Passam jaguara e babau.

    hô hó hó ho hauuau

Montando um porco-do-mato
Como se fosse um quartau
Caipora vai perseguindo
O jacaré ururau.

    uau uau hu hu hó uau

Alguém soluça e lamenta
Todo este mundo tão mau;
Bicando a sombra da noite
Pinica o pinicapau

    uuuouauuaaau

Alguém no rio agoniza
No rio que não dá vau
Alguém na sombra noturna
Morreu no fundo perau

    hôôôôôô u hu auauuuuuau

> *As primeiras claridades do dia aparecem no horizonte; as figuras fantásticas foram aos poucos sumindo e desapareceram de todo; o dia avança lentamente; o grupo junto à cerca começa a se mover.*

CAPITÃO

Amanhece o dia. Mas
Não se ouve o galo cantar.

BASTIÃO

Os moradores da terra
De certo os galos comeram;
— Os galos grandes, de guerra...
Seus cantos não mais romperam
As manhãs que andam no ar.

MATEUS

Canto de galo indistinto
No fundo dessas lonjuras,
Seria uma luz cantando,
Seria uma voz louvando
O verde que vem surgindo
De dentro da noite escura.

Ouve-se o canto estridente e desagradável da seriema; esse canto estridente se reproduz duas, três vezes.

BASTIÃO

É o canto com certeza
Dos galos do seu Nônô.

MATEUS

É o canto da seriema.

CAPITÃO

É um canto isto? é um canto?
É mais um grito de espanto
Grito de morte espreitando
Na entressombra de uma dor.

Ouve-se, de repente, um estalido seco à margem da estrada que se vai alteando para além, bordada lateralmente de mato intrincado; a cabeça de uma cobra assoma do mato.

(As cantadeiras cantam):

Vem o sol nascendo
Quando a morte passa

Parece dormir
Num chão de palha
Cascavel terrível;
Cascavel chocalha!
Cobra salamanta!
Coba coral!
O gado mordido
Não volta ao curral

Vem o sol nascendo
Quando a morte passa

É surucucu
Pico-de-jaca
É cobra tapete
É a jararaca;
Na manhã nascente
Passa na estrada
Jararacuçu
Urutu dourada
Vem o sol nascendo
Quando a morte passa

A cobra que assoma e vai atravessando a estrada é uma bela urutu dourada de 1,70 m de comprimento e faz brilhar à luz da manhã os seus anéis amarelos sobre a pele negra; diante daquela cobra sinistra, de veneno terrível, o Capitão, Mateus e Catirina ficam imóveis,

> *pasmos e deslumbrados; mudos, desse mutismo que representa o perigo e a beleza do perigo assistem àquele espetáculo sem murmurar uma palavra, paralisados pela emoção. A cobra atravessa a estrada branca e iluminada no seu movimento lento de serpente de grande veneno, solene, tranqüila, dessa tranqüilidade que às vezes encobre e quase sempre antecede acontecimentos fatais.*

MATEUS

(recuperando a voz):

O seu veneno é terrível
Mas sua ação é inocente:
Como a seca, como as cheias
Em que morre tanta gente.

BASTIÃO

Há profunda semelhança
Entre a cobra e a mulher,
Confie na sua inocência
Nelas confie quem quiser:
Mesmo o que falta na cobra
Quando se apura e procura
Na mulher ainda sobra.

CAPITÃO

Uma vez quis muito bem
A certa moça modesta
A certa moça com quem
Me casei. Ela era simples
Era boa, pura, honesta,
De carinho me envolvia;
Sem causa porém um dia
Um dia fugiu, deixando
Minha vida envenenada:
Era bonita, formosa
Como esta urutu dourada.

BASTIÃO

Neste exemplo bem se logra
Que no cortar traiçoeiro
É de dois gumes a faca.

MATEUS

Quem sabe se a minha sogra
Não será uma jararaca?

CATIRINA

Ter esta desconfiança
Você, Mateus, não precisa:
Minha mãe é cobra mansa
Cobra d'água, cobra lisa
Cobra preta.

AEROMOÇA

Vê-se passar ao longe um grupo de emas velozes, uma delas espantada irrompe perto das personagens em cena; Mateus consegue segurá-la.

(As cantadeiras cantam):

Gavião quando peneira
Peneira como urupema
Os bichos que são velozes
Não correm mais do que a ema

Correndo campos, baixios
Com matagais de jurema,
Correndo os cursos dos rios
Não correm mais do que a ema.

Foge medroso o covarde
Ante as armas de um curema;
As nuvens da tempestade
Não correm mais do que a ema.

CAPITÃO

Que bicho é este Mateus,
Que com as asas não voa?
Mas usa as pernas ligeiras
A correr no campo à toa

MATEUS

Este pássaro elegante
É brasileiro da gema
Meu capitão não se espante:
O nome do bicho é ema.

BASTIÃO

Este bicho é um girafa
De penas, e de esquisito
Já saiu da conta, é bicho
Mesmo do fute, o maldito:
Come pedra, engole vidro
Como até coisas mais duras...
Cuidado! Meu Capitão
Que este bicho, de mansinho,
Pode comer seus estribos
Comer pode as ferraduras
Do seu cavalo-marinho.

CATIRINA

Besteiras, sempre besteiras
Do moleque Bastião
Nunca vi negro mais cheio
De lorota e de invenção!

CAPITÃO

Já vai bem alta a manhã
Devemos seguir caminho.

> *O capitão acompanhado do Mateus, Catirina, Bastião seguem caminho na direção da casa-grande da fazenda Macambira; a cena fica por um instante vazia; do lado oposto àquele por onde saiu o capitão aparece o engenheiro com o seu instrumento e seus ajudantes.*

(As cantadeiras anunciam):

Cuidado com o engenheiro
Que vem as terras medir,
Ele é mais que feiticeiro
Para encantar e iludir.

Seu instrumento: uma aranha
Tecendo vai os seus fios,
E sempre alguém se emaranha
Nos seus desenhos vazios.

Seu instrumento é roleta,
De muitos mede a má sorte,
Com traços de linhas retas
Separa a vida da morte.

> *Enquanto as cantadeiras cantam, surgem de um lado do engenheiro, Mateus, Catirina, Bastião e o Fazendeiro Zé Pequeno, e do outro lado estão o Valentão, o coronel Nônô e seu Nesinho; o engenheiro arma o instrumento sob um grande guarda-sol que um de seus ajudantes segura, enquanto outro se afasta com uma baliza na mão; o balizeiro coloca-se junto a um barranco quase a pique, mantendo a baliza em posição de ser visada pelo engenheiro; este vai fazendo sinal para que o balizeiro desloque a baliza para o lado do barranco; vai assim dando com a mão; o homem com a baliza chega a encostá-la no barranco, mas o engenheiro continua a acenar no mesmo sentido; o balizeiro sobe de gatinhas no barranco e coloca a baliza no alto; o engenheiro faz sinal agora no sentido contrário, na direção da borda do barranco; o balizeiro vai deslocando a baliza e coloca-a na linha extrema no barranco; mas o engenheiro insiste no mesmo sentido, o balizeiro desce apressadamente e coloca a baliza embaixo, novamente encostada no barranco; o engenheiro acena para que a baliza seja deslocada mais para dentro; o balizeiro vai subir novamente de gatinhas para atendê-lo quando:*

SOLDADO

O ENGENHEIRO

Ver a baliza, procuro
Procuro a luz e não acho
Nada vejo. Tudo escuro!
Parece que anoiteceu
De repente.

> *(O engenheiro ergue a cabeça desanimado); o ajudante que segura o guarda-sol tira do cano da luneta o tampão que fechava a objetiva.*

O ENGENHEIRO

Oh! Que diacho!

> *Começa a fazer o alinhamento colocando a luneta para o lado das terras do Fazendeiro Pequeno, vai fazendo sinal para o ajudante com a baliza que se afasta e desaparece; o engenheiro apura a vista, mexe nos parafusos e acaba fixando uma direção. Durante todo tempo o grupo do coronel sorri satisfeito.*

ENGENHEIRO

Eis aqui a linha certa
Delimitando as fazendas
— A linha definidora,
A linha que, de uma vez,
Vai liquidar a contenda;
Linha que, comprovadora,
Será traçada em papel
De desenho: deste lado

(indica com o braço)

As terras do Zé Pequeno
Deste outro as do coronel

(o engenheiro olha outra vez na luneta):

Mas... que é que há? um momento!
A linha passa por cima
Da casa do Zé Pequeno!

ZÉ PEQUENO
(intervindo, indignado):

Como é isto? Está visando
O marco?

ENGENHEIRO

De certo... a linha
Vai mesmo na direção
Do marco, que está por baixo
Da grande caraibeira.

ZÉ PEQUENO

Caraibeira? É impossível!
Pois o marco é o da ladeira
Ali defronte *(indica)* no bico
Da serra; ali é que ele está
Por baixo do pé de angico.

BASTIÃO
(com ironia):

Mas é que o marco esta noite
Criou asas e voou
E depois de um baixo vôo
Em outro lugar pousou:
Embaixo da caraibeira,
Como aqui diz o doutor.

(o engenheiro olha novamente na luneta e diz meio encabulado):

A linha passa por cima
Da casa do Zé Pequeno...
A linha passa... Penetra
Pela janela do quarto
De dormir, passar por cima
Da cama do seu Pequeno;
Exatamente entre os dois:
Entre marido e mulher.

BASTIÃO

A linha passa entre os dois:
Zé Pequeno e Dona Inez
Ficam assim separados
Com todo valor legal,
E esta é a primeira vez
Que um engenheiro promove
O divórcio de um casal.

ZÉ PEQUENO
(à parte):

Não fosse perder a terra,
Tanta terra por sinal,
Ficar livre dessa velha
Até não seria mal.

> *Mateus se aproxima e fala ao ouvido do engenheiro que sorri, faz um gesto de assentimento; imediatamente saem apressados pela esquerda Mateus, Bastião e Catirina; o engenheiro volta a olhar pela luneta a posição do marco: olha, examina, mexe no parafuso da ocular, fica um certo tempo atento, esperando e de repente exclama:*

ENGENHEIRO

ENGENHEIRO

Ah! Ah! agora descubro
O meu erro; já de início
Eu vinha desconfiando
Do jeito daquele marco.

Qual marco, nem meio marco!
Me enganei nessa visada!
Ora, aí está, um engenheiro
De experiência afamada,
Que sempre correto foi,

E nunca fez marmelada.
Tomar por marco uma pedra
Uma simples pedra pousada
Ao pé da caraibeira!
Devo agir com mais cuidado...
Não cometer outra asneira.

> *Volta a girar o instrumento procurando visar o marco, e a luneta vai aos poucos se dirigindo para o lado das terras do coronel e acaba se fixando num ponto muito para dentro do curral da Fazenda Macambira. Agora todo o cercado desta fazenda, com o seu gado fica pertencendo à fazenda do Zé Pequeno; voltam Mateus, Bastião e Catirina; nesse momento já o coronel, o valentão, o seu Né estão avançando sobre o engenheiro:*

CORONEL

(investindo sobre o engenheiro):

Que grande patifaria!
Que grande trampolinagem!
Não estivesse eu alerta
Cairia na esparrela:
Isto é coisa, isto é serviço
Que se faça, seu gamela?

ENGENHEIRO

Alto lá! Gamela não!
Engenheiro diplomado,
E, em marcações de divisas,
Técnico especializado.
Nem mais alta e mais precisa
Topografia se fez
No mundo, como esta minha:
Segura, certa, concisa,
Com tangências e com linhas,
Visadas, contravisadas,
Chegando aos pontos de mira
Como vão as andorinhas,
Mais velozes do que o vento,
A pousar nas altas torres
Nas torres dos campanários,
Nas rodas dos cataventos.

BASTIÃO

Agora sim, seu Pequeno
Todo o curral, todo o gado
Da Fazenda Macambira
Já passou para o seu lado,
Só falta a marca da lei,
Só falta o papel selado...
Todo o curral, tudo, tudo...
Até o cavalo caxito,
Até o porco barrão
Que é muito da estimação
Do Coronel...

> *O coronel mudando de atitude aproxima-se do engenheiro e segreda-lhe qualquer coisa ao ouvido; este sorri, faz um gesto de assentimento; nesse meio tempo já saíram pelo fundo o valentão e seu Né.*

ENGENHEIRO

(olhando novamente pela luneta):

Não. Não sei
Onde é que tenho a cabeça!
Como é que errei novamente
A mim mesmo não me explico!
Por que cargas d'água eu vi
Que o marco estava fincado
Embaixo do pé de angico?
Suponho que este instrumento
Tem é belide na lente
E tem um véu, um defeito
Como de um olho doente...
Vamos ver se agora acerto.

> *Começa a girar a luneta novamente para o lado da fazenda de Zé Pequeno; ao ver esta manobra, Pequeno, Mateus e Bastião vão para ele ameaçando-o; o engenheiro tenta voltar a luneta para o lugar onde estava; mas aqui o grupo do coronel já de volta ameaça-o também.*

O GRUPO DO ZÉ PEQUENO

O marco está lá... está lá!
Debaixo do pé de angico
Do outro lado, na ladeira.

O GRUPO DO CORONEL

E lá... é lá que está o marco!
É lá mesmo na sombra
Da grande caraibeira...

> *O engenheiro fica oscilando com a luneta um certo tempo.*

CORONEL

ENGENHEIRO

O marco não está aqui
Nem ali, nem acolá!
Não está no céu, nem na terra
Nem nas águas, nem no ar...
O marco voa e revoa,
Gira como um carrocel,
Também oscila e vacila
Como balança infiel.

> *O engenheiro faz girar rapidamente o instrumento como se fosse uma roleta; atira uma pedrinha no limbo do mesmo, como numa jogada; a pedrinha salta, e o instrumento pára de repente, com a luneta apontada para o céu.*

ENGENHEIRO

O marco voou de novo
Fugiu deste chão maldito;
Agora está muito longe
Nas regiões do infinito.

> *Dizendo isto agarra o instrumento pelo tripé e sai correndo com ele; o porta-instrumento acompanha-o com o guarda-sol; Mateus persegue-o com a bexiga e, sai com ele, todo o grupo do Zé Pequeno; o grupo do coronel sai também pelo outro lado; a cena fica vazia por um momento. Entra pela esquerda um retirante: é figura andrajosa, feita de sombra e de terra, trazendo às costas um matulão invisível; caminha sempre voltando-se para os lados como se estivesse acompanhado de sua família: mulher e filhos, que estão mortos há muito tempo; ele mesmo é figura intemporal, uma figura constituída de gestos, toda em mímica, a contar uma vida passada e infeliz; chegando a certo ponto da cena, fica a andar sem sair do lugar.*

O RETIRANTE

Não tenho pátria, nem glória...
Embora — sinal da fome —
Nas páginas secas da história
Haja o meu nome e renome.

> *Mateus, Bastião e Catirina entrando outra vez em cena, encontram o retirante e a ele se dirigem.*

MATEUS

Como é que vens acabado
Velho amigo, meu irmão
Há tanto tempo largado
Pelas sendas do sertão.

RETIRANTE

Sou, de acabado, tão pouco...
A pouco estou reduzido,
Ouve cantar galo rouco
Meu coração comovido...

(pausa)

RETIRANTE
(continuando):

Sou uma sombra sem corpo,
Sou um rosto sem pessoa,
Um vento sem ar soprando,
Sem som, um canto, uma loa.

Nem as palavras definem
O meu tão grande vazio,
Todo o gesto que me exprime
Todo o meu gesto é baldio.

Todo o ardor que em mim renasce
Se extingue com um assovio...
Em mim não há claridades
Sou, apagado, um pavio.
O tecido que me veste
Não tem trama, nem cadeia.
Meus passos são muito leves
Não deixam marca na areia.
Meu andar é curto e breve
Mas contém a vastidão
Como é leve o que me pesa
Meu ausente matolão.

Perto vou, mas vou por longe
Vou junto, mas vou sozinho
Em sombra: burel de monge
Caminho meu descaminho.

> *O retirante, parando de andar, finge que põe no chão o matolão de onde tira uma rede invisível, passa as cordas pelos punhos da rede, amarra uma delas num esteio também imaginário, experimenta-a puxando-a, mede com a vista a altura em que deve ficar a rede e amarra a outra corda em outro esteio um pouco afastado, experimenta também, aqui, o punho e a corda para ver se estão firmes, para endurecer o nó, desembaraça as varandas, e experimenta a rede depois de armada; enfim nela se senta escanchado, faz um sinal e finge que apanha um dos filhos pequenos e o põe ao colo, faz outro sinal como que apanhando um segundo filho, demora alguns instantes sentado; depois torna a colocar os meninos no chão: levanta-se e vai aos poucos desarmando a rede, dobra-a e mete-a novamente*

RETIRANTE

*no matolão; suspendendo este último atira-o às costas
e continua a andar sem sair do lugar, fazendo gestos
para a mulher e os filhos.*

MATEUS

Quando há daqui saíste!
Quanto tempo demoraste!
Agora amigo me conte
Me diga, por onde andaste?

RETIRANTE

A muitos anos daqui
Passei na Pedra Bonita
E assisti uns homem santos
Procurando o desencanto
De el-rei Dom Sebastião:
Sangue manso de meninos
Sobre a pedra derramavam,
Pois assim conseguiriam
Do rei a ressurreição,
Que a todos enfim traria
Para sempre a salvação.
O sangue desses meninos
Em sangue se tornaria
Daquele bom soberano
De tão puro coração!

(pausa)

Cheguei a ver, sim, eu vi
Vi sobre o espelho da pedra,
Em linhas vagas, incertas
O seu rosto que surgia.
Vi as suas mãos tão brancas
Aparecendo. Mas, ah!
Nas horas daquele dia
O sangue não foi bastante
E logo foram sumindo
As linhas do seu semblante.
Nas águas duras da pedra
Afundaram as feições
Do seu rosto triste, exangüe.

MATEUS

E teus filhos pequeninos
Também tiveram o seu sangue
Derramado?

RETIRANTE
(surpreso):

Sim, tiveram...
No do rei voltará um dia.

BASTIÃO

E o teu? o teu, por que não deste?

RETIRANTE

O meu? Ah! Não serviria.

(pausa)

O RETIRANTE

(continua a contar):

E muitos anos passaram...
E havia tristeza em tudo,
Quando fui desse deserto
Pelos grandes descampados
Seguindo roteiro certo,
Na direção de Canudos,
Quando fui pelos sertões
Para ouvir as pregações
De Antônio Conselheiro.

Quando no arraial entrei
Era dia de Sant'Ana,
Na igreja nova rezei
Na guerra injusta lutei
Por todas as desventuras
Que em minha vida encontrei.

> *O retirante sai agora caminhando em torno da cena, fazendo um círculo, até voltar ao mesmo lugar; enquanto ele caminha deste modo, as cantadeiras cantam:*

Fui, fui, fui
Em fuga fui, fugindo fui.

Cocorobó
Patamoté
Massacará
Geremoabo.

Fui, fui, fui
Em fuga fui, fugindo fui

Vasabarris
Aracati
Tapicuru
Jacurici

Fui, fui, fui
Em fuga fui, fugindo fui.

O RETIRANTE

(agora novamente no mesmo lugar):

Volvi com o rosto marcado
De duas marcas de chama:
— Duas vivas queimaduras.

DOUTOR

MATEUS

De que fogo, de que brasa
Duas vezes te queimaste:
— Calor de campina rasa?
— Dor aguda que apanhaste?

RETIRANTE

Da primeira foi a sede
A chama em que me queimei;
Na segunda sinto o ardor
Do amor divino e do rei.

RETIRANTE
(depois de um instante calado):

E muitos anos passaram...
E em todos eles andei
Em provações desiguais,
Mas, encontrei no caminho
Alguns amigos leais:
Meu padrinho padre Cícero
No Crato e no Juazeiro.
O bacharel Santa Cruz
Na Alagoa do Monteiro,
E o coronel Zé Pereira
Na cidade de Princesa.

(pausa)

Agora não tenho pouso.
Guardei minha cartucheira,
Guardei meu chapéu de couro,
Meu rifle deixei de lado:
Rifle do papo amarelo
Que sempre foi meu tesouro.

Guardei tudo e fui-me embora;
Conheci terras de Minas,
Longes terras de Goiás
Percorri todo o São Paulo
Andei nos campos gerais;
Vi Salvador da Bahia
Seu grande presepe armar
E vi dos morros de Olinda
A pavonada do mar.

(pausa)

Agora, também amigo
Tenho que ir. Já é hora,
Chamando estão os caminhos
Meu destino é caminhar.
Adeus... Adeus... Vou-me embora.

(vai caminhando para sair)

MATEUS

Quando outra vez, meu irmão,
Por aqui hás de passar?

> RETIRANTE
>
> *(já ao sair, se volta e diz):*

Quando D. Sebastião
Voltar.

> *(baixa a cabeça e acrescenta)*

E flores singelas
Nasceram ao seu olhar

> (sai)

> *Ressoam, logo depois, estereofonicamente, com a sonoridade característica de um eco, por todo o recinto do espetáculo as últimas palavras ingênuas do retirante assim transformadas:*

Quando os senhores da vida
Abrindo as suas janelas
Virem marchar os mucambos
Virem descer as favelas.

> *Ao sair o retirante as cantadeiras cantam; no mesmo instante entra em cena novamente o capitão montado no seu cavalo-marinho; o capitão entra em cena vindo da Fazenda Macambira; entra dançando:*

CANTO DAS CANTADEIRAS

Canto, canto, canto, canto,
Canto tanto que o meu canto
Já se tornou um quebranto
Ja se tornou desencanto.

Canto, canto, canto, canto
Canto tudo e tudo encanto
Canto em sol, canto helianto
Canto em flor, canto amaranto,

Canto, canto, canto, canto
O canto que em mim levanto;
Em canto é que me agiganto
Canto sim, canto, no entanto,

Canto, canto, canto, canto

> O CAPITÃO
>
> *(pára e diz)*

Está salvo o boi! Salvo!

MATEUS, CATIRINA, BASTIÃO
(juntos):

Salvo! Está salvo o boi.

CAPITÃO

Hoje é a Noite de Festa!
Hoje é a Missa do Galo!
O boi salvo irá conosco
Dançar na feira. Salvo!
Mateus! Mateus! Vai buscá-lo,
Do curral pode trazê-lo;
Todos nós desejaremos
Passar a mão no seu pêlo;
Dançando vamos levá-lo,
Dançando queremos vê-lo.

> *Mateus, Catirina e Bastião saem para trazer o boi; momentos depois entram acompanhados do animal todo enfeitado: começa então a dança do boi; Mateus na frente com a sua vara de vaqueiro da qual pendem as bexigas vai animando o boi, guiando-o; Catirina e Bastião de um e de outro lado acompanham a dança; vão fazendo uma roda em torno do capitão que também dança!*

CANTADEIRAS
(cantam):

Campeiros vizinhos
Vaqueijando estão
Vaqueiros aboiam
Na longa extensão.

Pai de curral
Boi de malhada
Rompe na frente
Guia a boiada   *(duas vezes)*

Vão passando os carros
Cantam os carreiros
Carros carregados
Além dos fueiros...

Sobem ladeira
Descem grotão
Ei! boi de couce!
Boi de cambão!   *(duas vezes)*

Mas um boi de fogo
Vai comendo a rama
Vai lambendo tudo
Sua língua em chama.

CAIPORINHA

É boitatá!
É boi barroso! } (duas vezes)
Pastam no campo
Capim-mimoso.

> *Ouve-se então uma descarga e o boi cai; fica imóvel no solo; todos acorrem surpresos e aflitos; aglomeram-se em torno do boi; as violas tocam de maneira longa e plangente.*

TODOS

Como foi? Como foi? De onde
Vieram os tiros? De onde?

CAPITÃO

Corram. Busquem o assassino;
Deve estar por trás das árvores.

CATIRINA

Um doutor! Um doutor! chamem
Um doutor!

> *Mateus e Bastião saem e voltam acompanhados pelo doutor. As cantadeiras cantam enquanto os três se aproximam:*

Vem o doutor, vem trazendo
Sua seringa na mão;
E às vezes, mesmo, benzendo
Quando não há salvação.

Ai! Doutor!
Ai! Doutor!

Pastilhas, pós e pomadas,
Emplasto, ungüento e xarope,
Tantas mezinhas usadas
Que a morte foge a galope.

Ai! Doutor!
Ai! Doutor!

Cura os que vão pela vida
Das tripas desarranjados
Cura a espinhela caída
A cafifa e o mau-olhado!

Ai! Doutor!
Ai! Doutor!

> *Logo depois da entrada do doutor entra o seu enfermeiro conduzindo uma maleta de medicamentos, de onde são retirados instrumentos de grandes proporções usados pelo médico: estetoscópio, aparelho de medida de pressão, arterial, um martelo etc.*

CATIRINA
(olhando o doutor):

Mas é um *show* de doutor!

> *O doutor se aproxima do boi, cauteloso, circunspecto, meditativo, fala devagar:*

O DOUTOR
(examinando o boi):

O boi está morto ou vivo?
Como dizer? Neste mundo
tudo é muito relativo,
Parece morto...

(o boi move com a cauda):

No fundo
Porém está vivo, Bem...
Vou descobrir a razão
Por que da vida cativo
O boi ainda está... ou não?

Ou, se para bem morrer
Precisa de um bom motivo.

> *Volta-se para os circunstantes e em largas maneiras se apresenta:*

Antes, porém, me apresento
Num gesto simples e breve:
Doutor Bicudo Coruja
Cirurgião de mão leve.

BASTIÃO

Quer dizer, mais simplesmente,
Que opera como quem rouba;
Podia ser de outro tipo,
Hoje em dia mais freqüente,
Cirurgião de mão boba.

> *O doutor continua a falar aos circunstantes enquanto o enfermeiro procede ao exame do boi que dá de vez em quando sinal de que ainda está vivo.*

DOUTOR

Também previno e advirto
Para o bem-estar geral:
Cuidado tenham, cuidado
Com aqueles que praticam
A medicina ilegal.

JAGUARA

No mais justo objetivo
De evitar o grande mal
De tantas charlatanices,
Empreguei na ciência médica
Organização vertical.

Vou dizer sumariamente
Em que consta este ideal:
Servindo à comunidade
Dentro dos mais sãos princípios,
Disponho de consultório
E de hospital bem montados.
Nos quais dirijo e executo
Serviço especializado
No domínio operatório.

Para não ser explorado
Pela ganância, e o abuso
Evitar de desonestos
Fabricantes de remédios,
Com perfeição realizo
Num grande laboratório
As drogas de que preciso.

> *O doutor vai-se aproximando do boi para examiná-lo, mas continua a explicar a sua organização.*

DOUTOR

Tenho ali bem instalados
Bancos de sangue e de córneas,
Tão úteis à medicina
Sem dúvida. Mesmo agora
Criei um banco a que dei
O nome de Celestina;
— Uma homenagem se vê
A tão ilustre senhora.

CATIRINA
(encantada):

À minha madrinha, Dona
Celestina de "Curango"
Benzô Deus, que ela merece

DOUTOR

Um banco novo, moderno
Onde conservo membranas
Destinadas a consertos
Prementes e necessários,
Trazendo alívio às belas
Meninas desprevenidas,
Visando tranqüilizar
As descuidadas donzelas.

BASTIÃO

Cá para mim este banco
Muito em breve há de falir;
— Por muito tempo não dura,
Pois esta mercadoria
Já não tem muita procura.

> *O doutor vai cada vez mais se aproximando do boi para examiná-lo e diz em voz mais baixa:*

Para não haver dispêndio
De tempo, de espaço e, ainda,
Não cometer certos erros,
Tenho casas funerárias
Onde contrato os enterros
Modestos ou suntuários
Mais adequados aos enfermos
Que morrerem. Lá resolvo
O negócio com lisura,
Com o máximo critério.

> *(e com voz grave e anasalada):*

E... vendo também baratos
Terrenos no cemitério...

BASTIÃO

Aqui é que o valentão
Podia fazer com lucro
Uma grande incorporação.

MATEUS

Doutor Bicudo possui
Realmente uma perfeita,
Completa organização
De exploração vertical.
Quem entra nela... Quem entra...
Sai sempre na horizontal!

> *O doutor chega junto do boi e se ajoelha, mas de repente se volta e diz em voz baixa:*

DOUTOR

Mantenho ainda um convênio
Com algumas sacristias
Que me dá direito pleno,
Direito de encomendar
Missas de sétimo dia.

> *O doutor aproxima-se do boi e começa a examiná-lo, apalpando-lhe o ventre.*

A COBRA

DOUTOR

O ventre está timpanoso,
Rumoroso, cavernoso...
Por muitos peidos retidos,
E antigas hidropisias;
O boi deve ter comido
Muito capim venenoso.

    (põe o estetoscópio sobre a barriga do boi):

As tripas estão fanhosas
E um tanto descalibradas,
Como um velho mosquetão,
Soando choucho e rachado
Como corneta talhada
Num canudo de mamão

    (pequena pausa)

Precisamos extraí-las.

    (examina agora o estômago do boi):

O bucho se acha inflamado
Em conseqüência do esforço,
Do grande esforço empregado
Nos arrotos que encalharam
Nas vias indigestivas;

Ou de angústias provocadas
Pelos gases incombustos
De indigestões recessivas.
— Muito melhor se dirá,
Em linguagem escorreita:
O boi sofreu desde a infância
Muitas sedes corrosivas
E fomes insatisfeitas.

O bucho sem mais demora
Temos também que tirá-lo

    (continua apalpando):

E o baço? Vejamos o baço...
— Ou a passarinha, se querem —
Hum!... Está mesmo um bagaço,
Fofo, mole, oco, vazio,
Como rolete chupado
De cana sarangó.

    (há um ruído fora que o perturba):

Tsiuh!!

Silêncio! O boi está mal;
Seu grande mal evolui

Em escala descendente
Das vias respiratórias
Às vias mais indecentes
Do aparelho cagatório.

> *O doutor se movimenta, apalpa aqui, ali, aplica o estetoscópio que fixa finalmente em um ponto de certa região do corpo do boi.*

DOUTOR

O bofe!... Disto estava eu
A espera... é um velho órgão
Com perturbações asmáticas,
Oriundas de catarros
Mal curados; resfolega
Como um fole de ferreiro,
Como a harmônica de um cego
Pedindo esmola na feira.

(pausa)

Baço, bofe, rim, as tripas,
Dobradas e dobradinhas,
Tudo a ser retirado!...

BASTIÃO

Este doutor, certamente
Antes de entrar nos estudos
Teve vida diferente;
Negociou com fressuras,
Foi vendedor de "miúdos".

DOUTOR
(continuando o exame do boi):

Há outras coisas, no entanto,
Que já não trazem cuidado

(o boi estremece):

Por exemplo estes tremores
São evidentes seqüela
De muito antiga espinhela
Caída, e este agitar de cauda

(o boi agita a cauda)

Vem demonstrar em resumo
Que o boi está com o cu
Já meio fora do prumo

(o doutor procura localizar a posição do coração)

Agora é preciso ver
Como anda o coração;

Ih! Ih! Como está batendo
Descompassado! Vai lá!

> *(o doutor procura seguir o bater do coração em vários pontos do corpo do boi.)*

Vai cá. Bateu aqui... aqui
Saltando como um cabrito;
Parece uma moenda
Trambolhada. O coração
Deste boi não vale mais
Nada. Quanto antes... Quanto antes
É preciso retirá-lo

CAPITÃO

Mas o boi pode viver
Sem coração?

DOUTOR
(cabeça erecta, firme, solene):

Poderá...
Como não? Poderá sim
Sim. Nada mais natural;
Eu tenho um medicamento
Feito em meu laboratório
Que é justamente um portento
Nestes casos. Uma vez
A víscera extraída

No local se aplica a droga
Com precauções especiais...
Ela prodigiosamente
Faz crescer novamente
O coração.

BASTIÃO

Tal e qual
A pomada descoberta
Por Zequinha Cafuné,
Com a qual sempre explorou
A sua boiada em pé;
Pois dos bois quanto tirava
Crescia sempre o filé

MATEUS

Não entendo, Bastião
Como isto pode ser.

BASTIÃO

Muito simples. Cafuné
Não mata o boi. Dos seus bois
Apenas "colhe" o filé,

PINICA-PAU

Que renasce em breve tempo
Com o aplicar da pomada
Milagrosa como é.

> DOUTOR
>
> *(apresentando o enfermeiro que tira da maleta uma papelada):*

Da droga prodigiosa
Meu enfermeiro Ambrosino
Vai ler a bula.

> AMBROSINO

Senhores
A iso-necro-cardizina
É um preparado obtido
Pela estrita aplicação
Dos mais secretos humores
Que já nas "artes antigas",
Em balneados vapores,
Se pressentira e somara;
Desses secretos calores
Agora se desprenderam
As miríficas virtudes
Com as ciências mais modernas
A iso-necro-cardizina
É assim constituída
De estratos conglutinantes,
De agregadas substâncias,
Em formas agonizantes,
Na matéria rediviva;
Matéria subordinada
Ao Crisosperma, ao Chibrite,
Ao Samário, ao Gadolíneo,
Ao Adrope, à "Mulher branca"
E honesta cujos suores
Já curaram da cegueira
Um faraó. É um produto
Composto de vitaminas,
Mortiminas, necrominas,
Das mais recentes indústrias
Farmacêuticas. Tudo isto
Diluído em soros virgens,
Em água régia e "pesada"
Em água viva e "untuosa";
Tudo bem dinamizado
Em suco de pinhão-roxo;
Exposto à luz do "laser",
E aos efeitos radioativos
De uma bomba de cobalto;
Depois cuidadosamente
Levado ao forno Atanor.
A iso-necro-cardizina
Ligada está aos resultados
Das mais recentes pesquisas
De Mandrake e de Popeye...

Tem vínculos muito estreitos
Com a aruspicina menor
A Piromancia satânica
E a necromancia maior.

CATIRINA

O Doutor fala bonito...
Fala no estilo sublime
De uma bula de remédio

MATEUS

Num estilo que parece
Ao de certos literatos
Meus amigos

BASTIÃO

Sim, parece...
Parece a literatura
Do próprio autor deste "Boi".

AMBROSINO
(continuando)

A iso-necro-cardizina...

> Neste momento o boi tem um estremecimento, debate-se por um instante e se estira inteiramente no chão; o doutor acorre, apalpa-o, sonda-o em vários lugares.

DOUTOR
(desolado)

O boi morreu. Tarde vim.
Nem mesmo pude saber
A que verdade cedeu...
— Este boi, de que capricho
De que inocência morreu? —
Do sonho fiz um remédio
Que cura as dores mais fortes

Que dá consolo e esperança
Aos que adormecem na morte.
O boi morreu. Tarde vim,
E não lhe pude aplicar
O meu mais certo saber:
Que é o de dar um sonho à morte
Que é o de ajudar a morrer.

> O doutor acompanhado pelo enfermeiro sai cabisbaixo. Mateus dá-lhe com a bexiga. Constatado que o boi está realmente morto, medidas são tomadas para arrastá-lo; Mateus e seus ajudantes preparam-se para arrastar o boi; forma-se agora o cortejo final da peça com todos os figurantes; começa então a se mover o cortejo para sair da cena levando o boi. Na frente o

O BOI

> *capitão, depois Mateus, Catirina, Bastião, o fazendeiro Pequeno, o valentão, o bicheiro, seu Né etc. Os violeiros e cantadeiras levantam-se também para sair.*

AS CANTADEIRAS CANTAM

(acompanhadas por todos):

O meu boi morreu
Meu boi surubim
Que comprei na feira
De Belo-Jardim.

Agora na vida
Que será de mim
Sem meu boi ponteiro
Meu boi surubim.

Morreu o meu boi
Meu boi surubim
Sou pobre de tudo
Sou pobre de mim.

> *De repente, surpresos, param todos e silenciam; adiante a meia altura da cena aparece a aeromoça com o rosto desvelado, erguido iluminado; todos contemplam em silêncio e comovidos aquela aparição; a aeromoça desaparece; o fazendeiro Pequeno sorri para a platéia; ainda não refeitos desta surpresa começa a ouvir-se a marcha do soldado da coluna que aparece também na mesma posição com o rosto iluminado; desaparece; o cortejo se refaz e continua a sair mas agora rompe o silêncio cantando um canto de regozijo e esperança.*

TODOS

(cantam):

Viva!
Ora viva!
A aeromoça do céu!

A aeromoça do céu
Tem as asas da esperança
De um futuro que há de vir!

Viva!
Ora viva!
O soldado da coluna!

O soldado da coluna
Tem a marcha da esperança
De um futuro que há de vir.

Viva!
Ora viva!
A aeromoça do céu

Viva!
Ora viva!
O soldado da coluna!

> *Assim cantando, o cortejo sai de cena e termina o "boi".*

Posfácio

A composição deste Bumba-meu-boi *representa a realização de um projeto que há muito tempo me prometi, pois, sempre considerei vivo e atuante este gênero de teatro popular brasileiro; a sua decadência, o seu deperecimento correspondem, apenas, a estes mesmos sintomas de declínio na vitalidade, e nas condições econômicas do próprio povo deste país, cuja miséria vem sempre crescendo, como pude constatar pela observação direta, em mais de cinqüenta, dos sesssenta e muitos anos que já vivi.*

Tomei como base para compô-lo, a versão folclórica coligida pelo poeta Ascenso Ferreira, e publicada nos número 1 e 2 de 1944, da revista Arquivos da Prefeitura do Recife; *não utilizei, entretanto, todas as figuras, mais ou menos fixas, que fazem parte desse espetáculo. Trata-se, aqui, de uma obra inteiramente original, no texto, mas obedecendo às regras características desse drama falado, dançado e cantado — espécie de auto pastoril quinhentista, de onde, certamente, proveio. Contrariando, também, o espírito dessa "brincadeira" popular, que dá bom tratamento, apenas ao boi e aos seus vaqueiros, como assinala Téo Brandão, dei relevo especial e simpático a três figuras, necessárias ao arremate, mais ou menos apoteótico, freqüente em espetáculos desse gênero.*

Este trabalho estava praticamente concluído, quando me veio ao conhecimento, através da revista Das Schönste, *que o escritor japonês Yukio Mishima escrevera seis nôs modernos. Trabalho, até certo ponto, semelhante ao que acabo de fazer, uma vez que o nô é teatro, de tradição popular para o Japão, como o Boi o é para o Nordeste brasileiro; como o nô, que na opinião de Yets é "forma dramática distinta, indireta e simbólica", como o nô, que é texto, dança e canto, o Boi merece ao meu ver, ser revitalizado, reanimado, como diversão e forma literária.*

A maioria das críticas e observações contidas nestes versos agora publicados foram ouvidas e vividas: conheci na Baía da Traição, ao norte da Paraíba, um chefe de cangaceiros que se chamava "Chico Fulô", e de quem ouvi grande parte das expressões contidas no papel do "Valentão"; na linguagem de Mateus, Catirina e Bastião procurei transmitir a linguagem de certos tipos populares do meu tempo, que usavam, em meio de expressões dialetais ou coloquiais, frases como: "filosofia positiva", "certeza física e matemática", "estilo sublime" e muitas outras; esses tipos eram quase sempre oradores populares como "Bochecha", "Budião de Escama" e "Gravata Encarnada" que procuravam imitar outros oradores mais escolarizados freqüentes nos comícios políticos de então, oradores que, naquele tempo, pretendiam ser sucessores de Joaquim Nabuco.

Se estivéssemos, atualmente, num estágio avançado da arte cênica, certas figuras deste Boi, como a cobra, a ema, os bichos da dança noturna etc. poderiam ser "elecmas" que, como é sabido, são os marionetes eletrônicos a que se refere Akakia Viala; convém também observar aqui que o neguinho Bastião, quando põe o ouvido no chão, adquire o sentido "cósmico" de ouvir-ver que lhe dá uma maneira quase antiespacial de sentir as cousas advirto ainda que a dança dos "bichos da noite" é uma dança de atmosfera, com o canto fazendo parte da mesma; a do boi uma dança de situação, exprimindo o regozijo do dia de Natal e a do cavalo-marinho, que acompanha toda a peça, uma dança coral, como, em geral é uma espécie de coro, o canto das cantadeiras.

JOAQUIM CARDOZO

Apêndice Didático

O CORONEL DE MACAMBIRA
(bumba-meu-boi)

UM DOS MAIS BELOS AUTOS DO NOSSO FOLCLORE, O QUE HÁ DE MAIS INTERESSANTE NO TEATRO POPULAR BRASILEIRO E O QUE HÁ DE MAIS TRADICIONAL NAS FESTAS DO NORDESTE.

Tudo composto num tom de graça e de singeleza, na sucessão das cenas, com cantadeiras e violeiros reunidos em torno de figurantes de variados tipos, frutos da imaginação popular.

1 — Estudo da Obra (para debates escolares)

1) *Qual o valor do bumba-meu-boi perante o nosso folclore?*
2) *Qual o papel de Mateus na peça?*
3) *Como se apresenta a figura de Valentão?*
4) *Que pretende o Fazendeiro Pequeno?*
5) *Com que espírito Mateus aparteia o Produtor?*
6) *Como Mateus satiriza o Economista?*
7) *Dos chistes de Bastião, qual o mais espirituoso?*
8) *Para que o Padre entrou em cena?*
9) *Que diz Bastião a respeito do crediário de que fala o Padre?*
10) *Cite o argumento mais capcioso do Bicheiro.*
11) *Quais as comparações que faz o Aviador a respeito da fatalidade?*
12) *Cite os mais belos versos na fala da Aeromoça.*
13) *Que representa o Soldado na peça?*
14) *Cite os versos que achou mais belos na fala do Soldado.*
15) *Que diz o Capitão a respeito do boi?*
16) *Onde tem lugar o segundo quadro da peça?*
17) *Como poderia ser apresentada, segundo a técnica e os processos modernos, a dança dos bichos da noite?*
18) *Que dizem Mateus, Bastião e Capitão ante a cobra que assoma na estrada?*
19) *Quais os equívocos do Engenheiro?*
20) *Cite os versos que achou mais belos na fala do Retirante.*
21) *O desfecho da peça se passa por ocasião do Natal. Que mais conhece você do nosso folclore em relação às festas natalinas?*
22) *Qual a melhor tirada de Bastião diante da incompetência do Doutor?*
23) *Acha que o final da peça tem algum toque de apoteose?*
24) *Quais os personagens mais interessantes?*
25) *Que parte da peça mais lhe agradou?*

2 — Elementos Para a Criatividade

1) *A peça que você acabou de ler faz parte de nosso acervo folclórico. Diga o que sabe sobre o folclore, que tanto tem enriquecido a nossa literatura.*
2) *Faça um resumo da peça, evitando os diálogos. Para isso, trate de relê-la e ir anotando os trechos que merecem mais atenção. Marque os personagens que mais aparecem e as ações que mais os caracterizam. Evite, o mais possível, repetir as palavras do autor.*

3) *Valentão era um homem do cangaço. Certamente, você já ouviu falar em cangaceiros. O mais temido deles foi Lampião, apelido de Virgulino Ferreira, um dos mais famosos bandidos de todo o Nordeste. Já teve sua vida apresentada em vários filmes brasileiros. Descreva o que sabe sobre o cangaço e faça um comentário, analisando os motivos que arrastaram aquelas aterradoras criaturas ao crime.*

4) *Outra figura da parte árida do Nordeste é o retirante. Você leu na peça as queixas do retirante. Tem lido nos jornais as numerosas famílias que vêm das regiões inóspitas de nosso país para procurar emprego nas grandes capitais do Sul. Eis um tema para mais uma redação:* O Retirante. *Tome os elementos da peça e mais aqueles que você poderá encontrar nos informes da imprensa.*

5) *E os violeiros? E os trovadores repentistas? Aqueles que, com sua linguagem simples e espontânea, dão um gracioso colorido à literatura de cordel. Fale deles, escreva uma crônica enaltecendo esses obscuros talentos aos quais falta o brilho da cultura, mas não deixa de faltar a inspiração e aquele espírito de improviso em qualquer circunstância.*

* * *